EUGÈNE SUE,

AUTEUR

DES MYSTÈRES DU PEUPLE,

A LA BARRE DE L'HISTOIRE.

JURY, — LE PEUPLE.

Coup-d'Œil sur l'Histoire universelle. — Essai sur l'Histoire de la Civilisation;

PAR E. W. D'HALLUVIN.

PARIS,

LIBRAIRIE DE DENTU, PALAIS-NATIONAL,

Galerie d'Orléans.

TROYES,

ANNER-ANDRÉ, LIBRAIRE-ÉDITEUR,

Place de l'Hôtel-de-Ville, 5 et 7.

1851.

EUGÈNE SUE,

A LA BARRE DE L'HISTOIRE.

JURY, — LE PEUPLE.

EUGÈNE SUE,

AUTEUR

DES MYSTÈRES DU PEUPLE,

A LA BARRE DE L'HISTOIRE.

JURY, — LE PEUPLE.

PAR W. D'HALLUVIN.

PARIS,
A LA LIBRAIRIE DENTU, PALAIS NATIONAL,
GALERIE D'ORLÉANS ;
TROYES,
A LA LIBRAIRIE D'ANNER-ANDRÉ, PLACE DE L'HOTEL-DE-VILLE, 5 ET 7.

1851.

EUGÈNE SUE,

AUTEUR

DES MYSTÈRES DU PEUPLE,

A LA BARRE DE L'HISTOIRE.

JURY, — LE PEUPLE.

PREMIÈRE LETTRE.

La critique est un flambeau qui éclaire,
et non une torche qui incendie.

SOMMAIRE. — Accusation. — Motifs d'accusation. — Ce que contient la lettre du 16 septembre, publiée par M. Eugène Sue. — Apparence de vérité pour ceux qui ont étudié superficiellement l'histoire. — Erreurs pour ceux qui l'ont étudiée sérieusement. — De peintre de genre, M. Eugène Sue passe d'emblée peintre d'histoire. — Danger de la situation. — Ce qui est permis à un romancier. — Ce qui est défendu à un historien. — M. Augustin Thierry appelé en témoignage. — M. Eugène Sue cité à la barre de l'histoire. — Le peuple acceptant les fonctions de jury. — Qu'est-ce que le peuple ? — Pas d'équivoque. — Narration, Moralité et Philosophie des faits. — Alexandre et Napoléon. — Nécessité de se faire contemporain des hommes et des faits. — Saint-Louis rendant la justice. — Voltaire appelé en témoignage. — Un peintre du XIXe siècle qui commet une erreur historique. — Nous sommes d'accord. — Noble ambition de M. Eugène Sue. — Ses partisans, ses adversaires. — Nous cessons d'être d'accord. — Enfer ou paradis. — Singulière éducation. — Conclusion. — Ce que contiendront la 2e et la 3e lettre. Rien de politique. — Salut.

I.

MONSIEUR,

Je suis en vacances dans le midi de notre France, auprès de quelques bons et chers amis ; — nous recevons le *National* et nous lisons votre lettre historique publiée dans le numéro du 17 septembre 1851. — Cette lettre me force à sortir de mon repos, et cela à mon grand regret, je l'avoue. — Mais nous avons pensé, mes amis et moi, que nous serions coupables de laisser circuler parmi le peuple, auquel vous en appelez si souvent, des appréciations qui dénaturent notre histoire et qui ne peuvent avoir d'autre but que d'exciter à la haine les différentes classes de la société française, d'autres résultats qu'une lutte entre ces classes et par conséquent le désordre, l'anarchie au sein de cette société.

II.

Mes amis m'ordonnent de prendre la parole ; j'obéis malgré ma faiblesse. — Ma tâche est rude ; j'ai à lutter contre un athlète qui, j'en suis persuadé, acceptera le combat. Mais je crois avoir pour moi le bon droit, cela me donne quelque confiance.

Vous êtes donc accusé, Monsieur, d'injustice envers les hommes des siècles passés et d'appréciations fausses à l'égard des faits accomplis dans ces siècles. Le tout pour avoir méconnu que la critique est un flambeau qui éclaire et non une torche qui incendie ; et que l'on ne peut apprécier les faits dont les hommes sont les auteurs qu'en se faisant contemporain des siècles dans lesquels ces faits se sont accomplis.

III.

Vous dites entre autres choses, dans votre missive publiée le 17, « *que Clovis, monstre de férocité, religieusement loué par l'Eglise catholique, s'empara de la Gaule, grâce à l'abominable complicité des évêques.* »

« Que ces évêques appellent les hordes barbares des
» Francks et prêchent la sainteté de cette sanglante invasion ;
» que le clergé ordonne au peuple des Gaules, sous peine
» du feu éternel, de subir la domination étrangère ; — que
» ce peuple, jadis si belliqueux, si intelligent, si patriotique,

» mais que l'Eglise a hébété, avili, depuis trois siècles ; que » ce peuple obéit aux prêtres ; — que Clovis devient maître » de notre pays, réduit les Gaulois, nos pères, au plus affreux » esclavage....; que, vers le commencement du règne de la » troisième race de Hugh-Capet, ainsi que vous l'écrivez, » qui dut sa couronne *à l'adultère et au meurtre*, les seigneurs » atteignirent enfin leur but ardemment poursuivi sous les » descendants de Clovis et de Charlemagne ;.... — que la » royauté fut ainsi dépouillée d'âge en âge ; — que le roi, » au temps de la féodalité, ne fut plus qu'un des nombreux » petits souverains qui tyrannisaient et exploitaient les » peuples asservis, n'ayant lui, roi, sur les seigneurs ses » égaux, ses pairs, ainsi qu'ils s'appelaient, d'autre autorité » que la force, quand par hasard il était le plus fort, et que » cela n'arrivait presque jamais. » — Viennent ensuite de nombreuses citations. L'abbé Suger est souvent appelé en témoignage.

Enfin, Monsieur, après avoir affirmé que Hugues-Capet est fondateur d'une troisième dynastie de rois étrangers à la Gaule, notre mère patrie, vous terminez par déclarer qu'il y a aujourd'hui opportunité, nécessité, patriotisme, à combattre le trône et l'*autel*.

IV.

Tout ce que vous dites sur les faits de la féodalité a sans doute une apparence de vérité pour ceux qui ont étudié superficiellement les faits; mais pour ceux qui ont arrêté sérieusement leur attention sur les grandes phases de notre histoire nationale, tout cela, j'en suis bien fâché pour vous, Monsieur, ne supporte même pas l'examen.

V.

Quand je vous ai vu, Monsieur, de peintre de genre passer d'emblée peintre d'histoire, comme votre talent m'est connu, que ce talent, d'ailleurs, est incontestable, je me suis dit : certes, la couleur ne manquera pas aux tableaux. J'espérais, en outre, que le dessins seraient exacts ; et puis je pensais que, comme grâce à votre supériorité, votre nom pourrait un jour appartenir à l'histoire, vous vous garderiez bien d'outrager, sous n'importe quel prétexte, cette mémoire du monde.

VI.

Quand, dans un monde fantastique, vous créez des personnages, vous pouvez les pétrir de vos mains, les animer de votre souffle. Votre ciel peut n'avoir pas de bleu, vos fleurs être privées de parfums ; vous pouvez jeter la vertu en enfer et faire entrer le vice en paradis ; vous pouvez, Monsieur, vous laisser aller à toutes vos inspirations. Mais quand il s'agit du monde créé par Dieu et gouverné par sa providence, c'est une autre affaire. — L'histoire nationale, a dit Augustin Thierry, est, pour tous les hommes du même pays, une sorte de propriété commune ; c'est une portion du patrimoine moral que chaque génération qui disparaît lègue à celle qui la remplace, et l'héritage va toujours en augmentant. Cet héritage moral, intellectuel et social est religieusement transmis, il doit être religieusement accepté. Nous croyons, nous, à la solidarité, nous avons vécu avec ceux qui nous ont précédés dans la vie, avec nos pères ; nous vivrons avec ceux qui nous suivront ici-bas, avec nos fils ; nous respectons le passé, nous aimons le présent, et nous avons confiance en l'avenir : c'est avoir confiance en Dieu.

VII.

Avec de tels principes, de semblables croyances, nous ne pouvons laisser outrager l'histoire ; le passé de notre pays nous appartient. C'est une propriété commune que nous ne laisserons pas ravager. — Nous vous saisissons en flagrant délit, et nous vous accusons, en face de la nation tout entière, devant les générations passées, présentes et futures.

VIII.

L'histoire qui constate la marche progressive de l'humanité à travers les siècles, qui compte les pas de l'homme sur la route qu'il parcourt; l'histoire, qui établit un lien entre le passé et le présent, entre la génération qui tombe et celle qui s'élève ; qui nous donne des leçons utiles pour l'avenir; qui nous prouve notre immortalité, en présentant l'humaine espèce comme un seul homme dont la richesse morale, intellectuelle et physique augmente avec le temps, comme un phénix qui renaît sans cesse enrichi du passé des âges, « comme un géant qui croît toujours, dit M. de Châteaubriand, et dont le front, montant dans les cieux, ne s'arrêtera qu'à la hauteur du trône de l'Eternel ; » — l'histoire, enfin, souvenir du passé, leçon du présent, oracle de l'avenir, vous mande à sa barre ; et moi, inspiré des leçons de cette maîtresse de la vie et de celles de ses plus nobles disciples, je me présente comme avocat accusateur. Je prends la parole contre vous, Monsieur ! Les débats s'ouvrent. Que le peuple écoute avec recueillement, car il remplit ici les fonctions de jury.

IX.

Oui, le peuple tout entier, sans exclusion, je ne récuse personne : pourquoi la vérité ne brillerait-elle pas aux yeux de tous ?

Mais entendons-nous bien à cet égard ; où commence-t-il, où finit-il aujourd'hui, le peuple ? qui donc en est, qui donc n'en est pas ? Je crois, moi, qu'il commence au travailleur, à l'homme de labeur qui creuse péniblement son sillon et y jette un bon grain, et finit au fainéant, à l'égoïste qui ne rend aucun service à ses semblables. L'homme du peuple est, ou fils soumis, ou père de famille sacrifiant tout à la compagne de sa vie et aux enfants dans lesquels il se voit renaître ; ou tout au moins il est ami dévoué, comprenant la fraternité comme un bon chrétien doit la comprendre. — La femme du peuple, comme celle dont parle le poëte, est sanctifiée à tous les âges de la vie ; jeune fille par la candeur, épouse par le devoir, et mère par le dévouement : ce mot comprend tout. Ne confondons pas la jeune fille ou la femme du peuple avec la femme oublieuse de ses devoirs, quelquefois, nous le savons, plus à plaindre qu'à blâmer, mais qui n'en déshonore pas moins un sexe qui toujours doit être couvert du voile de la pudeur. — Ne confondons pas surtout l'homme du peuple qui occupe une si belle place dans le tableau général de la société, avec cet être dégradé, placé en dehors du cadre, qui s'ignore lui-même, et qui, toujours en lutte contre les hommes, semble ne pas avoir avec eux une origine commune. — Enfin, ne confondons jamais l'abeille avec le frelon.

X.

Mais si cependant par peuple vous n'entendez parler que des hommes aux mains calleuses, parce que ces mains ont débité le bois, taillé la pierre, forgé le fer ; cette partie de la société n'est pas moins intéressante. Il faut l'aimer et la respecter.

Oui, c'est l'homme du peuple qui fouille les carrières pour en extraire la pierre avec laquelle il construira des temples à son Dieu, des palais à ses rois, des asiles à l'enfance et à la vieillesse. Mais que pourrait le constructeur sans le génie de l'architecte ? C'est lui qui, au péril de ses jours, exploite les mines de fer, de plomb, d'or et d'argent, de diamants, de topaze et de rubis, trop souvent pour satisfaire l'orgueil et l'ambition des grands ; il plonge au fond des mers pour en tirer la perle qui ornera le front de la beauté ; mais que pourrait l'ouvrier sans l'inspiration de l'artiste ? — Dieu bénit l'homme du peuple qui met son bonheur dans l'accomplissement du devoir.

Quoi qu'il en soit, il ne peut y avoir d'équivoque, la nation tout entière est conviée, hommes et femmes, enfants et vieillards, gens de tout âge, de toutes sortes, de toutes conditions, ouvriers et artistes, manœuvres et architectes doivent assister au débat.

XI.

Pour éclairer la question, je dois commencer par établir la distinction entre narration des faits, moralité des faits, philosophie des faits — et par prouver ensuite l'indispensable nécessité de se faire contemporain des siècles dans lesquels ont vécu les hommes auteurs des faits que l'on ose juger et apprécier.

Quel esprit tant soit peu sérieux n'a pas reconnu l'utilité de distinguer trois choses dans les études historiques : 1° La connaissance des faits, des événements ; 2° la moralité des faits, des événements ; 3° le sentiment, ou intelligence, ou philosophie des faits et surtout l'ensemble, l'harmonie des faits, des événements.

Ainsi, Alexandre, dont le nom est inséparable de celui de grand, triomphe des Grecs, puis il remporte trois grandes batailles sur les Perses, au Granique, à Issus, à Arbelles. — Napoléon est nommé premier consul en 1799, il remporte la bataille de Marengo en 1800, il est proclamé empereur en 1804 ; il triomphe à Austerlitz en 1805 ; et son sceptre est brisé à Waterloo en 1815.

Voilà la connaissance pure et simple de certains faits et événements.

XII.

Je dis *événements*, parce qu'on peut distinguer entre faits et événements. Ainsi, la fondation de l'Eglise au Ier siècle ; le commencement de la décadence de l'Empire au IIe ; la grande invasion des barbares au IIIe, le triomphe du Christianisme au IVe, la chute de l'empire d'Occident et le commencement de l'histoire du moyen-âge au Ve ; la domination de barbares au VIe ; le mahométisme au VIIe ; le 2e empire d'Occident au VIIIe ; la féodalité au IXe ; l'empire passant à l'Allemagne au Xe ; les croisades à la fin du XIe ; la révolution communale au XIIe ; la révolution législative au XIIIe; le grand schisme au XIVe; la chute de l'empire d'Orient et le commencement de l'histoire moderne au XVe; la réforme et la renaissance au XVIe; la monarchie absolue en France et la monarchie parlementaire en Angleterre au XVIIe; la révolution d'Amérique et la révolution française au XVIIIe; la monarchie militaire absolue et les restaurations au XIXe, sont des faits, et ces faits sont gros et riches d'événements. La connaissance des faits et des événements, peut être plus ou moins étendue, mais il faut les bien connaître avant d'en tirer les conséquences.

XIII.

Voyons maintenant ce qu'on doit entendre par moralité des faits, des événements.

Alexandre détruit Thèbes et se fait maudire par les habitants de cette malheureuse cité. En quittant la Macédoine, il distribue tout à ses compagnons et ne garde pour lui que l'espérance; plein de foi en ses hautes destinées, il donne tout aujourd'hui, il espère donner plus encore demain. — Il se fait admirer à Tarse, détester à Gaza. — Cruel à Tyr, il est plein d'humanité à Jérusalem. — Sa conduite est sublime envers la famille de Darius, et il ne craint pas de se couvrir de honte par l'assassinat juridique de Philotas et la mort tragique de Parménion. — Il ressent jusqu'au fond du cœur les douces influences de l'amitié. Il aime Ephestion comme un frère, et il tue de sa propre main Clitus et Ménandre. Il admire la franchise, le courage de Porus, et punit de mort les mêmes vertus chez Calisthène. Il éprouve de l'admiration pour tout ce qui est beau et grand, et il incendie Persépolis, puis il pleure sur les ruines qu'il a faites.

XIV.

Napoléon, qui si souvent s'était montré généreux et clément, ne craint pas de ternir sa gloire en laissant mettre à mort un prince, un homme innocent; — ce qui ne l'empêche pas de monter sur le trône de France et d'éblouir, d'embraser des feux de son génie le monde qu'il asservit; — puis nouveau Prométhée, d'aller expier sa gloire loin, bien loin de la demeure des hommes, mais tout aussi près de Dieu que lorsqu'il était sur le trône de France, du plus beau pays que le soleil éclaire dans sa course, a dit *Schiller.*

Ici l'on admire, là on blâme et on condamne; il y a sympathie ou antipathie; on chérit ou on abhorre; on se sent saisi de pitié ou d'effroi; on apprend à détester le vice, à aimer la vertu, à plaindre le coupable et à maudire ses actes. — *Voilà ce qu'on doit entendre par moralité des faits, des événements dont les hommes sont les auteurs.*

XV.

Enfin, rendons-nous compte de ce qu'on doit comprendre par intelligence, sentiment, harmonie des faits ou philosophie de l'histoire.

Les courses d'Alexandre à travers l'Asie ont eu pour résultat la domination du génie des Hellènes sur l'ancien empire d'Assyrie, sur celui des Perses, plus vaste encore. — De même que sous les pas des guerriers de Napoléon l'Europe est devenue française. — Oui, nos armées jetèrent, elles aussi, dans des sillons creusés par l'épée d'un conquérant, les germes d'une liberté, d'une civilisation nouvelles. — Voilà, je crois, ce qu'il faut entendre par : *intelligence, harmonie des faits et des événements, ou philosophie de l'histoire.*

XVI.

Arrivons maintenant à la nécessité de se faire contemporains des hommes et des faits dont nous sommes les juges et les appréciateurs.

Saint Louis, sans huissiers ni gardes, rend au pied d'un chêne la justice à ceux qui viennent la demander : voilà, certes, un beau tableau. On peut aimer la liberté, n'est-ce pas, Monsieur, et rendre hommage à la vertu de ce roi modèle du moyen âge, qui fut tout à la fois un législateur, un héros et un saint. — « Louis IX a été en tout le modèle des hommes : sa piété, qui était celle d'un anachorète, ne lui ôta point les vertus royales ; sa libéralité ne déroba rien d'une sage économie ; il sut accorder une politique profonde avec une justice exacte. Prudent et ferme dans le conseil, intrépide dans les combats, sans être emporté ; compatissant, comme s'il n'avait jamais été que malheureux ; il n'est guère donné à l'homme de pousser la vertu plus loin. » — Vous me pardonnerez cette citation, en vous rappelant que l'auteur se nomme *Voltaire.*

XVII.

Cependant, ce qui est admirable pour le XIIIe siècle, pourrait être, tranchons le mot, ridicule pour le XVIIIe ou le XIXe siècle par exemple. Ainsi, supposez que dans un ou deux siècles, un peintre, prenant pour sujet d'un tableau un souverain rendant la justice au pied d'un arbre, se trompe par ignorance et peigne Napoléon à la place de saint Louis, croyez-vous que l'effet produit serait l'admiration ? Dans tous les cas, ce serait jouer de malheur. Napoléon rendant la justice au pied du chêne de Vincennes, non loin du lieu où périt le dernier des Condé !

Jusqu'ici, Monsieur, nous sommes bien d'accord, n'est-ce pas ? Il nous reste à examiner si vos récits sont exacts, si votre morale est saine, si votre philosophie est de nature à exercer une belle et noble influence, et si enfin, pour être juste dans vos appréciations, vous avez consenti à vous faire contemporain des hommes et des faits.

Les historiens modernes, vous le savez sans doute, ont bien distingué trois écoles : l'école narrative, l'école critique et l'école philosophique. Ils recommandent surtout à ces trois écoles de s'inspirer de l'esprit du temps. Voyez, à ce sujet, ce que M. Augustin Thierry dit de Velly et de Mézeray, dans ses lettres sur l'histoire de France.

XVIII.

Vous avez, Monsieur, abordé les trois genres de front ; vous avez reconnu qu'il ne suffisait pas de raconter les faits, les événements ; mais que le flambeau de la critique devait éclairer la scène, que la connaissance des faits ne serait rien sans leur moralité. En un mot, le rôle de narrateur ne vous a pas suffi ; vous avez voulu y ajouter celui de moraliste. — Ce n'était pas encore assez pour votre noble ambition ; vous avez voulu, en outre, faire voir, à ceux qui suivent vos leçons, le lien qui unit, qui relie les événements entre eux. — Oui, vous avez voulu prouver que les faits se tiennent, s'unissent, dépendent les uns des autres, et tout en conservant leur caractère et leur couleur, qu'ils se fondent néanmoins dans un harmonieux ensemble.

XIX.

Enfin, Monsieur, j'ai entendu soutenir que vous n'exhumiez les faits qu'au profit de la morale et de la philosophie ou sagesse humaine. — Oui, c'est là ce que disent vos partisans. Ils sont nombreux : la preuve, c'est que vous êtes représentant du peuple et très-puissant. Mais vous avez aussi bon nombre d'adversaires bien décidés à vous résister, à vous et aux vôtres. — Ces adversaires, au nombre desquels je vous prie de vouloir bien me compter, soutiennent que votre morale est dans tous les cas subversive, et que votre philosophie est aussi fausse que dangereuse. — Je vous le dis, Monsieur, sans colère, sans amertume et surtout sans haine, mais non sans douleur : vos doctrines, les conséquences que vous tirez des faits, votre manière de les interpréter, tout cela m'effraie. — Votre façon d'instruire et de moraliser le peuple me fait peur. — Vous accusez ceux que vous appelez les ennemis du progrès de marcher dans l'ombre. — Eclairez donc alors la route que vous parcourez ; montrez-nous le but vers lequel vous courez en entraînant des masses après vous; dites nous donc bien franchement où vous voulez en venir. — Nous verrons bien alors si ce but est un lieu de repos ou un abîme, une terre promise ou un désert, un séjour de délices ou un lieu de tourments, un paradis ou un enfer.

XX

Ah ! Monsieur, parmi ce peuple que vous dites aimer, il est peut-être un grand nombre d'hommes ou de femmes qui ne liront qu'une page d'histoire, celle que vous aurez écrite. Quels germes, je vous le demande, aurez-vous déposé dans dans leur cœur?

Figurez-vous, Monsieur, un père de famille, honnête homme, du reste, qui, sous prétexte d'instruire et de moraliser ses enfants, ne les conduirait, pour leur donner une idée de l'état physique de l'homme, que dans des ladreries, des maladreries, des morgues ou des hôpitaux ; et pour leur faire apprécier l'état moral de la société, ne les mènerait que dans de mauvais lieux. Je vous laisse le soin de tirer la conséquence d'une telle façon d'agir, d'une semblable folie ou aberration. — Ah ! Monsieur, si vous aimez sincèrement le peuple, vous devriez ne lui livrer ce que vous écrivez qu'après l'avoir fait lire à Dieu lui-même. — Tout justement parce que vous avez du talent, vos pages ne devraient refléter que le *beau*, de Platon, le beau, *splendeur du vrai*.

XXI.

Avec vous, Monsieur, il ne faut pas avoir raison à demi ; or je comprends qu'avant d'arriver au cœur de la question il faut bien l'éclairer, cela est indispensable. — Dans une deuxième et une troisième lettre, en jetant un coup-dœil sur l'état de la civilisation des temps anciens, je dirai comment je comprends le progrès, mot si souvent répété et si rarement bien compris. — Ce sera comme une introduction à ces grands faits de l'invasion, du triomphe et de la conversion des barbares, de la chute de l'empire romain d'occident, de la fondation de nouveaux Etats et de l'influence de l'Eglise; — faits qui, je le soutiens, ont été très-mal et très-dangereusement racontés, critiqués et interprétés par vous.

Quel que soit le nombre de ces lettres, que ceux qui seront nos juges se persuadent bien que la politique est tout-à-fait étrangère à ce noble débat. — C'est l'écrivain, l'historien, le critique, le philosophe que j'attaque, et non l'homme, et encore moins le représentant du peuple,

Que je salue avec respect,

D'HALLUVIN,

En ce moment à Albi, chez son honorable ami, M. de Vézian, officier supérieur du Génie.

DEUXIÈME LETTRE.

> Trois vérités forment la base de l'édifice social : la vérité religieuse, la vérité philosophique et la vérité politique.
>
> (CHATEAUBRIAND.)

SOMMAIRE. — Ce que M. E. Sue attaque. — Ce que je défends, ce que je soutiens, ce que j'affirme. — Les Evêques catholiques protègent les Francks contre les Visigoths qui sont Ariens. — Les Evêques n'ont jamais appelé les hordes barbares et prêché la sainteté de l'invasion. — Le despotisme romain a moralement tué les Gaulois, les Évêques les ont ressuscités. — Les couvents sont en ce temps-là les seuls refuges de la civilisation. — Hugues-Capet est le candidat du parti que l'on peut appeler national. — Royauté, Féodalité, Communes. — Renverser l'autel et la croix, c'est renverser du même coup l'édifice social. — Invitation faite à M. E. Sue d'assister à une grande revue : celle des siècles et des héros de l'humanité. — Prière qui sera exaucée. — Les héros secouent la poussière du tombeau, les monuments sortent de leur ruine, les siècles revivent. — Première grande division de l'histoire. — Trois vérités forment la base de l'édifice social. — Raison religieuse, raison politique, raison philosophique. — Bouleversement du monde. — Néant des grandeurs. — Têtes qui attendent des couronnes. — Une seule fois, depuis leur triomphe, l'autel et la croix du Christ ont été renversés en France. — Cette époque a un nom dans l'histoire. — LA TERREUR !

I.

MONSIEUR,

Je dois indiquer ici, d'une manière précise, les principaux chefs d'accusation lancés contre vous au nom de l'histoire. — Il importe que nos juges soient bien informés, parfaitement éclairés sur ce que vous attaquez et sur ce que je défends.

Vous commencez par affirmer : 1° que Clovis ne s'est emparé de la Gaule que grâce à l'abominable complicité des évêques ; — 2° que ce sont les évêques qui appelèrent les hordes barbares des Franks et prêchèrent la sainteté de cette invasion; — 3° que l'Eglise a hébété, avili le peuple gaulois, jadis si belliqueux, si intelligent, si patriote; — 4° que Hugues-Capet est fondateur d'une troisième dynastie étrangère à la Gaule; que son avénement est comme l'apogée de la puissance de cette race conquérante qui a encore aujourd'hui la prétention de gouverner la Gaule notre mère patrie; — 5° enfin vous déclarez que ce serait aujourd'hui faire preuve de patriotisme que de se ruer sur le trône et l'autel et de les renverser.

II.

Moi, j'affirme : 1° que si les évêques ont soutenu Clovis, c'est contre les Bourguignons et les Visigoths qui étaient *Ariens*, et par conséquent ennemis de l'unité, et que, dans tous les cas, les évêques, ne pouvant expulser les barbares, donnèrent une nouvelle preuve de sagesse en exerçant une puissance morale sur ces destructeurs du vieux monde; — 2° je nie que les évêques aient jamais appelé ces hordes barbares et prêché la sainteté de cette invasion. Quand dans leurs prédications ils font l'éloge des peuples venus de la Germanie, de la Sarmatie ou de la Scythie, ce n'est que pour faire la satire de cette vieille société romaine qui tombait décomposée comme tout ce qui est corrompu; de même, vous le savez bien, Monsieur, que Tacite peignait les mœurs des Germains en contraste avec les mœurs de Rome; — 3° Je soutiens que le peuple gaulois, qui, je le sais, était jadis aussi intelligent que belliqueux, a été anéanti moralement par le despotisme des Romains, ce qui fait qu'il accepta cette terrible domination des barbares, comme il avait supporté cet affreux despotisme de Rome; — que loin d'avoir hébété et avili ce peuple, l'Eglise l'a relevé de sa dégradation morale; que l'Eglise et les monastères furent, en ce temps-là, les derniers et seuls refuges de la civilisation. Les couvents, dit un des beaux génies de notre siècle, devinrent comme des espèces de forteresses où la civilisation se mit à l'abri sous la bannière de quelques saints ; — 4° sans examiner pour le moment si Hugues-Capet est de race tudesque ou gauloise, je soutiens, avec M. Augustin Thierry, que ce chef de la troisième dynastie fut comme Eudes (Ode ou riche), son ancêtre, le candidat *national* de la population mixte qui combattait depuis cent cinquante ans pour former un Etat par elle-même. — Qu'entre Eudes et Hugues-Capet, les avénements de Louis IV d'outre-mer, de Lothaire et de Louis V doivent être considérés comme *des restaurations de la race conquérante*, et que l'avènement du fils de Hugues-le-Grand, l'abbé ou le blanc, *est le triomphe positif du parti national sur celui de la conquête.* — C'est en outre une victoire remportée par *la langue gallo-romaine sur la langue tudesque.* Je conviens que, quand le premier Capétien s'empare de la couronne, nous sommes presque à l'apogée de la puissance féodale ; mais je soutiens que nous arrivons en même temps à l'époque du commencement de la lutte entre la royauté et la féodalité. — Que la royauté fut souvent secondée par les communes, qui mainte et mainte fois rangèrent leurs bannières autour de l'étendard royal ; et qu'à cette union sont dûs en grande partie l'anéantissement de la féodalité et le triomphe des intérêts généraux, des idées générales, en un mot, de l'esprit national. — 5° Sans parler ici du trône, de la monarchie ou de la république, j'affirme que si vous parveniez encore à renverser l'autel du Dieu des chrétiens et la croix de notre maître à tous, qui est sur cet autel, vous renverseriez du même coup l'édifice social, et que vous seriez écrasé sous ses ruines. Quand le lien qui unit la terre au ciel est rompu, l'homme cesse d'être vassal du ciel, mais il cesse en même temps d'être roi de la terre.

III.

Avec un adversaire tel que vous, Monsieur, devant un jury tel que le nôtre, il ne suffit pas d'affirmer, il faut encore prouver.

Il y aurait des volumes à écrire sur les grandes et importantes questions qui forment le fond d'un si noble et si intéressant débat ; mais je suis dans l'absolue nécessité d'être bref. C'est cependant à travers les siècles qu'il faut passer, car tout se tient dans l'histoire du monde, et ce lien est la preuve que l'humanité est un dessein de Dieu.

Oui, Monsieur, croyez-le, l'histoire est une grande harmonie dont l'Être suprême a touché de son doigt divin la première note, et dont le dernier accord remontera jusqu'à lui. — Ah ! j'espère bien que cette vie d'un jour n'est pas plus pour vous que pour nous la conscience du néant.

Afin de nous rendre compte de la fusion des races et de l'influence du christianisme, grands faits que vous avez, je n'hésite pas à l'affirmer, encore très-mal interprété ; pour triompher de l'erreur, pour que la vérité brille aux yeux de tous, ce sont les nations de l'antiquité et des temps modernes qu'il faut appeler en témoignage.

Êtes-vous prêt, Monsieur? Voulez-vous me suivre? Oui! eh bien, passons ensemble une grande revue, celle de l'humanité.

IV.

Frappons sur la pierre des tombeaux, et que les héros de tous les âges, que ces grands conducteurs des peuples répondent à nos interpellations.

Questionnons la religion, la science, l'art, le commerce, les institutions politiques ; interrogeons les monuments, ces grands livres de pierre, dont l'histoire s'est plus d'une fois servie pour inscrire les faits les plus importants de ses annales.

Prêtres égyptiens, pontifes hébreux, prêtres gaulois, grecs et romains, brahmes indiens, mages de la Perse, ouvrez vos temples, faites-nous pénétrer jusqu'au fond du sanctuaire ; que le voile tombe : nous voulons enfin connaître vos mystères. — Prophètes de la Judée, sages de la Grèce, rois, législateurs de toutes les nations, ouvrez vos livres, laissez-nous en parcourir toutes les pages. — Poètes, apprenez-nous comment, par vos chants, vous avez si souvent vaincu la barbarie. — Peuples, dites-nous vos souffrances; esclaves, montrez-nous vos plaies; et vous, puissants de la terre, confessez votre orgueil.

V.

Tyrans, que l'on nomme empereurs, dites-nous comment vous avez usurpé tous les pouvoirs, comment et pourquoi vous avez contribué à la ruine du vieux monde; avouez tout, ou nous déchirerons la pourpre qui couvre vos misères morales.

VI.

Apôtres et martyrs, évêques et pères de l'Eglise, montrez-nous vos palmes, parlez-nous de vos luttes, dites-nous vos triomphes, faites briller à nos yeux cette lumière qui vous guida dans ce monde! Ah! maintenant que vous êtes au ciel, dites-nous ce que vous avez fait pour la terre.

VII.

Tribus barbares, venues d'un monde inconnu aux Romains, vous à qui l'Éternel confia une si terrible mission, dites-nous, malgré votre ignorance, ce que vous avez apporté à l'humanité. Avec vous, hommes de batailles et de solitude, la société aurait-elle rétrogradé, ou votre épée victorieuse n'a-t-elle coupé que des branches mortes, n'a-t-elle fait qu'émonder l'arbre afin qu'il donne un jour des fruits plus beaux et meilleurs? Répondez.

VIII.

Papes, évêques et prêtres de tous rangs, membres du clergé séculier, moines des monastères, dites-nous ce que vous avez fait pour ou contre la liberté, sans laquelle il n'y a point de civilisation. — Rois, seigneurs et chevaliers, ducs, comtes, marquis et barons de la féodalité, artistes et savants docteurs, troubadours et trouvères, chroniqueurs et romanciers, bourgeois, manants et serfs du moyen-âge, dites-nous quels étaient vos projets, vos espérances ; indiquez-nous les causes de vos succès, celles de vos revers ; dites-nous, sans rien omettre, tout ce que vous avez légué aux jeunes générations, que vous portiez dans votre sein fécond. — Nation vaincue, Grecs du Bas-Empire, étiez-vous les gardiens des richesses intellectuelles qui, au XVe siècle, devaient être remises à l'Occident ?

IX.

Monarques absolus, devant le trône desquels petits et grands se sont courbés, reconnaissez le néant des grandeurs, venez jusqu'à nous pour nous apprendre pourquoi, dans quel intérêt vous avez usurpé toutes les libertés, et comment à certaines époques vous avez pu orner si magnifiquement le catafalque de nos libertés.

X.

Philosophes modernes, êtes-vous prêts à répondre ? Quelle a été votre mission ? Votre génie est-il destructeur ? — Hommes célèbres, prédicateurs fameux, sectaires hardis, hérésiarques audacieux, critiques acerbes, que les uns détestent, méprisent et maudissent, que les autres chérissent et admirent, révèrent et bénissent ; parlez, nous écoutons. — Hommes de paix et hommes de guerre, navigateurs et commerçants, ministres et magistrats, hommes d'inspirations et hommes de science, parlez, nous sommes attentifs. — Et vous, femmes de la civilisation chrétienne, belles tout à la fois de la beauté morale et de la beauté physique, nous prêtons l'oreille aux paroles qui sortent de votre bouche.

XI.

Enfin, hommes et choses, paraissez, surgissez. — Acteurs principaux et acteurs secondaires, missionnaires de la Providence, comparaissez pour être jugés selon vos œuvres par l'histoire, dont le tribunal rend des arrêts qui toujours précèdent ceux du ciel.

XII.

Et vous-même, Dieu tout-puissant, intelligence suprême, permettez à la créature, pétrie de vos mains, animée de votre souffle, de vous interroger, tout en se prosternant devant vos œuvres. Parlez, Seigneur, parlez à l'oreille du cœur de l'homme, montrez le but qu'il doit atteindre. — Ah! dites-lui que sur cette terre même ses efforts seront couronnés de succès. — Dieu des chrétiens, aidez-nous à chasser d'ici-bas la haine, le scepticisme, l'envie et l'égoïsme ; que les hommes s'aiment entre eux, s'unissent, se prêtent un mutuel secours pour gravir avec plus de courage et de vigueur ce Sinaï escarpé, qui doit les conduire jusqu'à vous, Seigneur!

XIII.

Notre invocation n'a point été vaine; nous avons soufflé sur des ossements arides et ils ressuscitent. Tout s'anime, voyez les héros secouer la poussière du tombeau; les monuments sortir de leur ruine et les siècles revivre....

Mais procédons avec ordre, tenons bien le gouvernail, ayons les yeux fixés tour à tour et sur notre boussole et sur le but vers lequel nous devons diriger notre course.

Indiquons d'abord une première grande division : *avant Jésus-Christ* et *après Jésus-Christ.* Cette première grande division a son importance religieuse, philosophique et politique ; donnons-en la preuve.

XIV.

Vous savez, Monsieur, qu'un historien philosophe nous a démontré, dans une œuvre admirable, que trois vérités forment la base de notre édifice social : *la vérité religieuse* ou connaissance d'un Dieu unique manifesté par un culte; *la vérité philosophique*, ou triple science des choses morales, intellectuelles et naturelles; *la vérité politique*, ou ordre et liberté : l'ordre est la souveraineté exercée par le pouvoir; la liberté est le droit des peuples; toutes leurs garanties contre le pouvoir.

« Moins la citée est développée, plus ces vérités sont confuses, elles se combattent dans la cité imparfaite, mais elles ne se détruisent jamais ; c'est de leur combinaison avec les esprits, les passions, les erreurs, les événements que naissent les faits de l'histoire. A travers le bruit ou le silence des nations, dans la profondeur des âges, dans les égarements de la civilisation ou dans les ténèbres de la barbarie, on entend toujours quelques voix solitaires qui proclament les trois vérités fondamentales, dont l'usage constant et la connaissance complète produiront le perfectionnement de la société. »

Avec la même beauté, avec la même élévation de style et de pensée, l'auteur que nous venons de citer donne la raison religieuse de la venue, sur la terre, de Jésus-Christ, fils de Dieu.

XV.

« L'homme nouvellement créé péche par orgueil, il est puni; il a abusé des lumières de la science, il est condamné aux ténèbres du tombeau. Dieu avait fait la vie, l'homme a fait la mort; et la mort devient comme la seule nécessité de l'homme. Mais grâce à la miséricorde divine, toute faute peut être expiée. »

» Le CHRIST, Dieu et homme tout ensemble, s'offrira en

sacrifice, car il faut un sacrifice pour expier une faute, et l'homme, réhabilité, racheté, réconcilié avec Dieu, pourra, désormais, remonter à la hauteur du rang dont il est descendu, retourner à ses fins immortelles. »

Tel est le fondement du christianisme. *Ainsi la religion chrétienne dont l'ère ne commence que dans le milieu des temps, est cependant née au berceau du monde.*

Tâchons maintenant de nous rendre compte de l'importance philosophique et politique de la venue de Jésus-Christ sur la terre.

XVI.

Personne mieux que vous, Monsieur, ne sait que l'antiquité professait deux erreurs, et si quelqu'un parmi les membres de notre jury l'ignorait par hasard, vous seriez le premier à le lui apprendre. Oui, l'antiquité professait deux erreurs qui nuisaient nécessairement au progrès de la civilisation. — L'erreur religieuse : ils adoraient plusieurs dieux. — L'erreur politique : ils pensaient, ils soutenaient que les sociétés ne pouvaient exister sans l'esclavage. — La raison humaine ou vérité philosophique se trouvait étouffée entre les deux erreurs professées par l'antiquité.

Jésus-Christ vient arracher de sa main divine le voile qui couvrait les vérités fondamentales. Il dirige les regards des hommes vers le ciel, leur montre un père commun : il révèle ainsi la vérité religieuse. — Il dit aux fils d'un commun père : « Vous êtes tous frères ; aimez-vous les uns les autres, » et proclame ainsi la vérité politique. — La raison humaine ou vérité philosophique se trouve désormais tout-à-fait à l'aise entre la vérité religieuse révélée et la vérité politique proclamée.

Nous aurons, Monsieur, à revenir sur ce grand fait. Contentons-nous d'affirmer aujourd'hui qu'avec le christianisme l'humanité entre dans une voie nouvelle. — La croix du Christ est le monument de la civilisation moderne. — C'est du pied de cette croix que partent les douze apôtres marchant à la conquête du monde moral. — Jésus leur a dit : « Allez enseigner les nations. »

XVII

Sur l'autel du Dieu des chrétiens s'élève le signe de la rédemption, renverser l'un c'est renverser l'autre... Eh bien! écoutez, Monsieur, et soyons attentifs à la leçon que l'histoire elle-même va encore nous donner.

Depuis la formation des peuples, depuis la fondation des empires, nous avons été souvent, très-souvent, les spectateurs épouvantés des bouleversements du monde, et nous avons eu, dans les siècles les plus éloignés comme les plus rapprochés de nous, la preuve du néant des grandeurs ; que de souverains renversés de leurs trônes, chassés de leurs Etats, fuyant la colère des peuples et souvent atteints par leur vengeance !

XVIII.

Néant des grandeurs! nous avons vu *Sémiramis* mourir misérablement, *Prométhée* poursuivi par l'envie, *Moïse* expirer en vue de la terre promise, *Priam* témoin du massacre de ses enfants, et les vainqueurs d'Ilion errants et fugitifs.

Nous avons vu *Saül* en démence ; *David*, poursuivi par son fils, monter en pleurant la colline des oliviers et tous ceux qui l'accompagnaient pleurer avec lui. Nous avons vu *Salomon* reconnaître la vanité des choses de ce monde, et le chantre d'Achille, *Homère*, aveugle, mendier son pain ; *Athalie* égorgée dans le temple ; *Jézabel* mangée par les chiens ; *Romulus* assassiné, et presque tous les rois de Rome subir le même sort.

Nous avons vu le bûcher de *Sardanapale*, le festin de *Balthazar*, *Crésus* enchaîné, et la tête de *Cyrus*, son vainqueur, trempée dans un seau de sang. Nous avons vu *Miltiade*,

Thémistocle, *Aristide* exilés ; *Périclès* mourir de la peste, *Alcibiade* expirer dans les flammes, *Socrate* condamné à boire la ciguë, *Alexandre*, dont le nom est inséparable de celui de *Grand*, expirer à la fleur de l'âge empoisonné peut-être par les compagnons de sa gloire ; *Denys*, tyran de Syracuse, maître d'école à Corinthe, insulté par des enfants, s'écrier : « J'ai pourtant été roi » et *Phocion* condamné à mort malgré son âge et sa vertu. Nous avons vu les *Gracques* massacrés, les *Machabées* immolés ; *Marius* sur les ruines de Carthage ; la tête et les mains de *Cicéron* suspendus à la tribune aux harangues, et *César* tomber sous le poignard de Brutus son fils adoptif.

XIX.

Après la venue du Christ, nous avons vu des empereurs romains rouler les uns sur les autres et bien des manteaux de pourpre rehaussés d'or servir de linceul. — Nous avons vu Rome, cette ancienne reine du monde, enfermée dans un cercle de peuples vengeurs, les flots de la barbarie battre ses murailles et les renverser ; ses légions vaincues, ses cohortes dispersées. — Nous avons vu les Goths planter sur le Capitole l'étendard qui annonçait le changement des races. — Nous avons vu les barbares s'installer sur les ruines du vieux monde et s'établir dans le palais des Césars ; un roi captif *Gélimer* demander un morceau de pain dont il n'avait pas mangé depuis six mois, une éponge pour laver ses blessures et une lyre pour chanter ses malheurs ; son vainqueur, *Bélisaire* mourir de chagrin, de désespoir.

Nous avons vu *Charlemagne* pleurer sur le sort de son empire, et son fils *Louis* emprisonné par ses enfants, expirer de douleur, — l'empire détruit, les seigneurs s'entretuer.

Nous avons vu un homme du peuple disputer un coin de terre, une étroite fosse au cadavre de *Guillaume le conquérant*. — Nous avons vu *saint Louis* prisonnier, *Jean* II captif, *Charles* VI en démence ; *Charles* VII mourant de faim :

François Ier emprisonné, et son vainqueur *Charles Quint*, auquel le monde semblait ne pouvoir suffire, entrer tout entier et tout vivant dans un étroit cercueil ; *Henri* III et *Henri* IV tomber sous le poignard d'assassins fanatiques ; *Louis* XIII plus à plaindre que le plus misérable de ses sujets ; *Louis* XIV regretter sa gloire ; et *Louis* XV mourir épouvanté de ses désordres et de ceux de son règne. — Nous avons vu la tête de *Louis* XVI tomber sous la hache du bourreau, puis présentée à l'Europe comme le dernier mot sur la liberté.

Nous avons vu la guerre détruire ce que la guerre avait fait et le géant de l'histoire moderne, *Napoléon*, expirer lentement et tristement sur un rocher.

XX.

Enfin, hier encore, nous avons vu des monarques errants sur les routes et cacher dans leur porte-manteau couronnes et sceptres d'or. Nous venons de voir un roi que l'on disait prudent et sage mourir dans l'exil ; — aujourd'hui la reine verse des larmes sous son voile de veuve et les princes exilés pleurent en regardant la patrie. Ils partagent le sort d'un autre fils de France non moins généreux et non moins à plaindre. — Ces héritiers de tant de rois, ces têtes qui attendent des couronnes, ne sont-ils pas là comme les témoins vivants de la parole toujours vivante : *néant des grandeurs !*

XXI.

Vous le voyez, Monsieur, les leçons n'ont pas manqué aux grands de ce monde. Dieu semble s'être souvent chargé de venger les petits ; — nous verrons peut-être encore de hauts et puissants seigneurs orgueilleux dans la prospérité, courber le front jusque dans la poussière au jour de l'adversité. — Peut-être aussi verrons-nous des sceptres brisés, des trônes réduits en poudre, des couronnes foulées aux pieds du peuple et la pourpre imbibée du sang des tyrans ; la gloire, la puissance et le génie lui-même éprouvés par le malheur, marcher côte à côte avec la misère sur la route de l'infortune. — Quoi qu'il en soit de la violence des tempêtes, le renversement d'un trône, la chute d'une dynastie, la ruine ou le bouleversement d'un empire, ne nous étonneraient peut-être plus; ce spectacle a été, hélas ! si souvent offert à nos yeux !

Mais nous savons tous, Monsieur, et il serait sans doute fâcheux, même dangereux, d'oublier qu'une *seule fois,* depuis le triomphe du christianisme, l'autel du Dieu des chrétiens a été brisé, la maison du Seigneur fermée ou désolée; que la philosophie s'est assise fièrement sur une croix renversée, et qu'alors un temple fut élevé à la raison : l'homme s'adora lui-même. — Ce temps de folie, d'aberration, de colère, de fureur et de vengeance, mêlé cependant de grandeur, de dévouement et d'héroïsme ; cette époque, dis-je, a un nom dans l'histoire; oui un nom que nous voudrions en vain effacer, efforts inutiles. — La terreur : voilà ce nom terrible.

XXII.

Jetez un voile sur cette époque où le sang d'hommes forts, de vieillards courbés par les ans, de faibles femmes, de pauvres petits enfants, a été mêlé aux eaux de tous les fleuves, de tous les ruisseaux qui coulent en France. Jetez un voile sur cette époque dont le seul souvenir glacera d'épouvante nos arrière-neveux, jusqu'aux générations les plus reculées, et ce voile sera bientôt imbibé du sang que l'anarchie, l'oubli de Dieu, a fait couler à si grands flots. — Que quelqu'un ose ensuite se couvrir de ce voile, se draper dans cette tunique; et, qu'elle que soit la force de son impiété, le cœur palpitant d'effroi, l'esprit troublé à la vue de tant de spectres sanglants, l'audacieux croira sentir sa chair se déchirer, tomber en lambeaux comme celle d'Hercule lorsqu'il couvrit son corps de la tunique trempée par Déjanire dans le sang du centaure Nessus.

XXIII.

Je vous entends vous écrier, Monsieur, que sous la bannière du Christ aussi le sang a plus d'une fois coulé. — Ceux qui injustement ont tiré l'épée du fourreau au nom du Dieu de paix et de miséricorde méritent, sans doute, de périr par l'épée. — La force et la puissance des hommes ne peuvent prévaloir contre la force et la puissance de Dieu. — Le sang versé injustement criera vengeance aux portes du ciel, et le ciel entendra toujours la voix de l'innocence et du malheur. Oui, Monsieur, l'oppresseur et l'opprimé paraîtront tôt ou tard aux pieds du même juge... Mais il n'en reste pas moins vrai qu'une seule fois, à une seule époque depuis leur triomphe, l'autel et la croix du Christ ont été renversés en France, et que cette époque est marquée dans l'histoire par un signe ineffaçable, et désignée par le nom terrible : LA TERREUR.

W. D'HALLUVIN.

NOTA. — La troisième et la quatrième lettre formeront la 2e livraison. Les suivantes paraîtront dans le plus court délai et dans les mêmes conditions. Chaque livraison, composée de 32 pages, se vend au prix de 30 centimes.

TROYES, IMPRIMERIE D'ANNER-ANDRÉ.

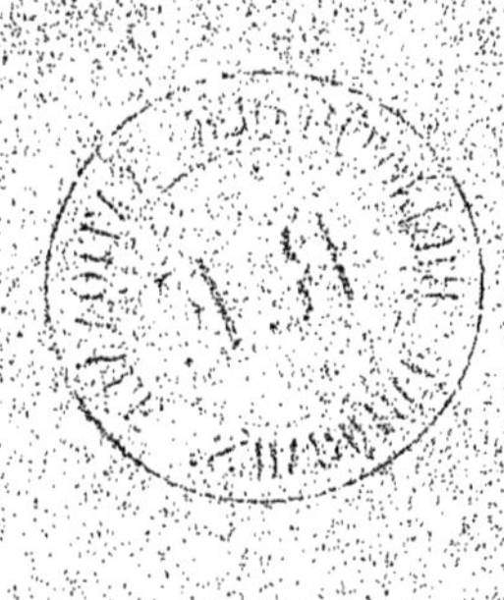

SOUS PRESSE

POUR PARAITRE PROCHAINEMENT :

OUVRAGE DU MÊME AUTEUR.

LA FRANCE

RACONTANT SON HISTOIRE

A SES ENFANTS.

Un joli volume in-12 d'environ 300 pages.

Prix : 1 fr. 50 c.

ON PEUT SOUSCRIRE D'AVANCE :

A Troyes, à la Librairie d'ANNER-ANDRÉ ;

A Paris, chez DENTU, Libraire, Palais-National, galerie d'Orléans ;

Et chez les principaux Libraires de Paris et de la Province.

TROYES, IMP. D'ANNER-ANDRÉ.

www.ingramcontent.com/pod-product-compliance
Ingram Content Group UK Ltd.
Pitfield, Milton Keynes, MK11 3LW, UK
UKHW020946220726
13924UKWH00002B/526